CUANDO LOS BORREGOS NO PUEDEN DORMIR

UN LIBRO DE CONTAR

Satoshi Kitamura

Traducción de Aurelio de Izquieta

Altea

3.ª reimpresión: diciembre 1990

Título original: *When Sheep Cannot Sleep*
© 1986, Satoshi Kitamura
Edición original inglesa de A & C Black, Londres, 1986
© 1986, Ediciones Altea, de la presente edición en lengua española
© 1988, Altea, Taurus, Alfaguara, S. A.
Juan Bravo, 38 - 28006 Madrid

I.S.B.N.: 84-372-6605-X
Depósito legal: M. 43.166-1990

PRINTED IN SPAIN
Impreso en España por:
UNIGRAF, S. A.
Políg. Industrial Arroyomolinos
Móstoles (Madrid)

Una noche, un borrego llamado Madejo no se podía
dormir.
«Voy a ir a dar un paseo», se dijo, y salió a caminar
sin rumbo fijo por la pradera.

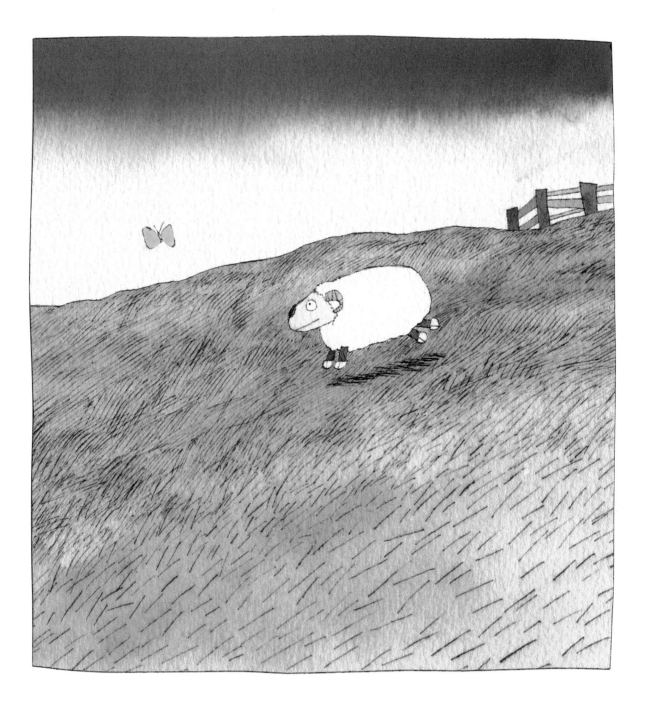

Se puso a perseguir a una mariposa hasta que ésta
desapareció tras de un árbol alto y verde.

Sobre el tronco de ese árbol había dos mariquitas medio dormidas.

«Y yo sigo completamente espabilado», caviló Madejo.

«¡Hu, hu, hu!», gritaron los búhos, «Es hora de retirarse».

«Y *nuestra* hora de salir», dijo una familia de
murciélagos revoloteando sobre el borrego.

«Qué bien; manzanas», dijo Madejo. «Sabía que era el momento de tomar algo. Pero están demasiado altas para mí».

«Intenta trepar», dijeron las ardillas.
«No sé», dijo Madejo.
«Ahí hay una escalera», dijeron las ardillas.

Tenían razón.
Madejo apoyó la escalera contra el manzano y subió, peldaño a peldaño, hasta que pudo alcanzar aquellas manzanas dulces y coloradas.

Era una noche preciosa y serena,
y Madejo no tenía ni pizca de sueño.
Las luciérnagas bailaban por el aire...

y los saltamontes cantaban entre la hierba alta.

Madejo subió hasta la cima de una colina para contemplar el panorama. De pronto, unos destellos luminosos y zumbantes cruzaron el cielo. Madejo se quedó aterrorizado.

Echó a correr lo más rápido que pudo para
esconderse entre los árboles, y a su paso fue saltando
sobre matas de tulipanes rojos.

«¡Qué susto tan tremendo!», jadeó.
«¿Dónde estaré?» Delante de él había una casa con
muchísimas ventanas.

La puerta principal estaba abierta, de modo que
entró.
También había muchísimas puertas.

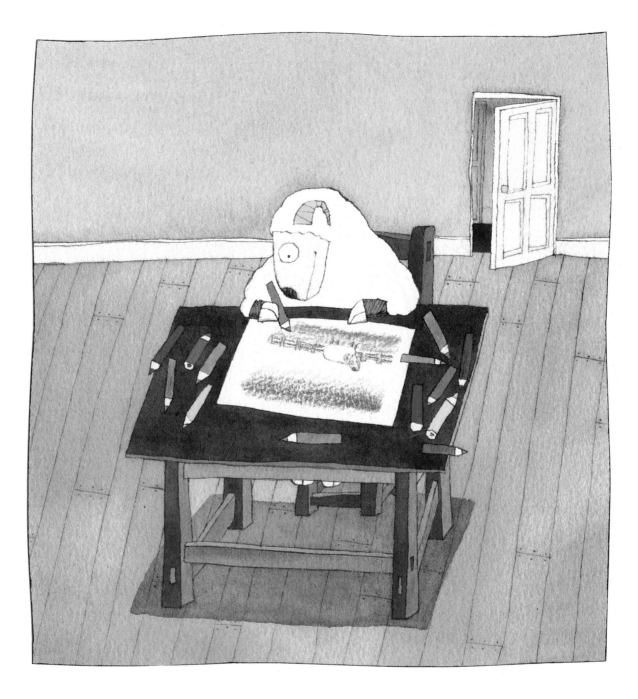

En una de las habitaciones encontró lápices de colores.
«Qué bien», se dijo Madejo. «Dibujaré algo».

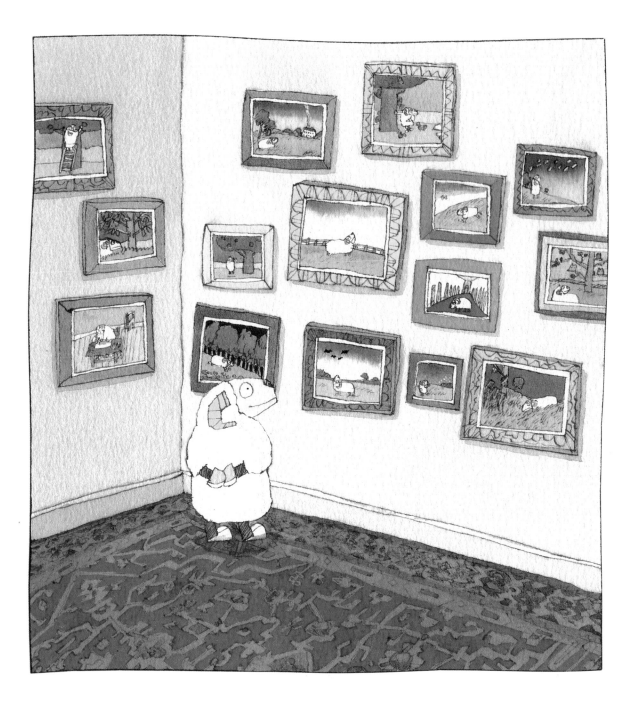

Le gustaron tanto sus dibujos
que los colgó en la pared.

«Otra vez tengo hambre», dijo Madejo.
Fue a la cocina y se preparó unos hermosos
guisantes.

Se los tomó en el comedor.
«Estoy cenando con algo de retraso», pensó.

«Y ahora un buen baño», dijo Madejo,
«con montañas de espuma».

En el cuarto de al lado había una cama pequeña,
y sobre ella había un pijama doblado
cuidadosamente.
«Ya han salido las estrellas», pensó Madejo.

«Será mejor que me acueste... por si acaso
me entra sueño».

Madejo se acostó en la cama y comenzó a pensar.

Pensó en su madre y en su padre y en sus hermanas
y hermanos y tíos y tías.
¿Qué estarían haciendo? ¿Se habrían dormido ya?
Toda su familia y sus amigos le rondaron por la
cabeza. Sus ojos se cerraron.

Y Madejo no tardó en quedarse dormido.

ÍNDICE